Analyse de l'œuvre

Par Florence Casteels

Histoire du fils

Marie-Hélène Lafon

lePetitLittéraire.fr

Analyse de l'œuvre

Par Florence Casteels

Histoire du fils

Marie-Hélène Lafon

lePetitLittéraire.fr

Rendez-vous sur lepetitlitteraire.fr et découvrez :

Plus de 1200 analyses
Claires et synthétiques
Téléchargeables en 30 secondes
À imprimer chez soi

HISTOIRE DU FILS

À LA RECHERCHE DU PÈRE ABSENT

- **Genre :** roman
- **Édition de référence :** *Histoire du fils*, Paris, Éditions Buchet-Chastel, 2020.
- **1ʳᵉ édition :** 2020
- **Thématiques :** famille, père inconnu, quête d'identité, mémoire, le Cantal, campagne et paysans.

Avec *Histoire du fils*, Marie-Hélène Lafon, écrivaine représentant le plus souvent le département de son enfance, le Cantal, obtient le prix Renaudot en 2020 après avoir été sélectionnée pour le prix Femina. Ce roman rencontre le succès auprès du public qui dévore cette histoire de plusieurs générations d'une même famille qui se succèdent dans la même quête : découvrir son identité.

André Léoty, né à Figeac dans le Lot, est le fils d'une ancienne infirmière partie refaire sa vie à Paris et d'un père inconnu. Élevé par sa tante et son mari, entouré de ses cousines, dans l'amour et la tendresse, André n'en oublie pas la place que son père laisse vide. À la recherche de cette partie de lui, il se rend à Paris sur les traces d'un fameux avocat, puis à Chanterelle dans le Cantal où ce Paul Lachalme aurait passé toute son enfance et viendrait encore pendant les vacances. Malgré la connaissance du nom, du métier et des origines du père, André parviendra-t-il à rencontrer celui qui ne sait même pas qu'il a un fils ? Les bonnes pistes se succèdent, le voile se lève petit à petit, la vie continue et ne laisse bientôt plus la chance aux deux hommes de se croiser.

MARIE-HÉLÈNE LAFON

ÉCRIVAINE FRANÇAISE DU CANTAL

- **Née en 1962 à Aurillac**
- **Quelques-unes de ses œuvres :**
  - *Le Soir du chien* (2001), roman
  - *L'Annonce* (2009), roman
  - *Histoires* (2015), recueil de nouvelles

Marie-Hélène Lafon provient d'une famille paysanne du Cantal, département auquel elle reste très attachée et auquel elle consacre la plupart de ses romans. Après un enseignement catholique, elle suit des études de lettres modernes et de latin à Paris à la Sorbonne. Elle termine son parcours universitaire avec un doctorat de littérature à Paris VII-Denis Diderot. Elle est enseignante de français, latin et grec, toujours dans la capitale où elle vit seule.

L'écriture lui vient à 34 ans et son premier roman *Le Soir du chien*, publié en 2001, reçoit la même année le prix Renaudot des lycéens. L'auteure écrit également des nouvelles, dont *Liturgie* (2003) qui reçoit le prix Renaissance de la Nouvelle et *Histoires* qui obtient le prix Goncourt de la nouvelle en 2016. Marie-Hélène Lafon renoue souvent avec le décor de son enfance pour composer ses œuvres et parcourir la campagne, ses individus et leurs vies. Les scènes du quotidien et les cinq sens sont prégnants dans ses récits et l'intrigue joue fréquemment sur les non-dits. Son écriture très intime ne tombe toutefois

pas dans la nostalgie et préfère la description d'une réalité et d'une géographie. En 2020, le prix Renaudot est
accordé à l'écrivaine pour son roman *Histoire du fils*.

RÉSUMÉ

LES JOIES ET LES PEINES DE CHANTERELLE

Nés le 2 aout 1903, les jumeaux Paul et Armand Lachalme ne s'entendent pas. Le premier est fier et déjà arrogant, tandis que le second est gentil et très sensible. Dans leur famille, tout le monde travaille ensemble et avec joie dans l'auberge qu'ils tiennent depuis des générations. Les affaires sont prospères et le père est également engagé dans la politique locale. Les parents, les tantes et les oncles, ainsi que les cousines et les enfants préparent de grands repas pour les invités, nettoient tout l'hôtel, vont à la chasse et à la pêche, etc.

Malgré un père strict qui se met souvent en colère, la vie à Chanterelle chez les Lachalme est joyeuse et agréable. Jusqu'au jour où, à cause d'une servante prénommée Antoinette venue aider pour la cuisine, le petit Armand meurt ébouillanté par une casserole le 28 avril 1908, à l'âge de cinq ans. Le drame va hanter tous les membres de la famille, mais la vie continue son chemin.

En janvier 1919, Paul étudie dans un lycée catholique d'Aurillac où il se fait remarquer pour son don d'élocution et sa prestance. À peine âgé de 16 ans, il aurait aimé faire honneur à sa famille en s'engageant sur le champ de bataille, mais l'Armistice coupe court à toutes ses ambitions. Beaucoup l'admirent et savent vaguement qu'il a des origines paysannes, mais Paul garde cela secret, car il estime que Chanterelle est un royaume magique qui lui appartient à lui et ses proches.

Au cours de l'hiver, Paul prend froid et se retrouve à l'infirmerie où il rencontre Gabrielle Léoty, chargée de le soigner. De 16 ans son ainée, elle est attirée par ce jeune homme vigoureux, fier et rayonnant. Paul, lui, est jeune et, poussé par ses hormones, goute pour la première fois à la chair d'une femme. Gabrielle, toutefois, sait qu'il est bien trop au-dessus de son rang pour elle et qu'il partira dès la majorité atteinte pour étudier à Paris.

Elle le suit dans la capitale française, ayant toujours rêvé de fuir la campagne et la dépendance de sa famille. Grâce à lui, elle a eu le courage de partir et de faire sa vie comme elle l'entend, complètement libre. Elle comprend cependant qu'elle est enceinte et décide de le garder sans en parler au père qui ne saura jamais qu'il a un enfant. Paul ferait en effet un très mauvais parent et époux, vu son gout pour les femmes et ses grandes ambitions l'élevant à un plus grand futur qu'une famille ne pourrait lui offrir.

UNE NAISSANCE SANS PÈRE

De la passion partagée par ces deux êtres incompatibles nait un petit garçon merveilleux, André, en 1924. Pour Gabrielle, hors de question d'élever un enfant et de quitter sa nouvelle vie parisienne. C'est sa sœur, Hélène, et son mari Léon qui prennent en charge le petit au sein du foyer Léoty à Figeac dans le Lot. Là, André est perçu comme un véritable miracle. Premier garçon de la famille, il apporte une grande joie aux habitants de la maisonnée.

Gabrielle leur rend visite quatre fois par an pendant 17 ans et reste toujours évasive sur son passé et sur le père d'André. Pour ce dernier, une réelle souffrance s'installe dès le plus jeune âge de ne pas connaitre son géniteur ni aucune information à son sujet. Il ne sait même pas si son père sait qu'il a un fils. Cependant, le jour du mariage d'André avec Juliette en aout 1950, Gabrielle explique à la jeune mariée qui est le père d'André et où le trouver.

Pendant 10 ans, André vit avec ces informations dans sa tête sans trop y penser. À la naissance de son propre fils, qu'il appelle Antoine, toutefois, André se retrouve confronté à un besoin vital de connaitre son père biologique. En 1962, c'est décidé, il organise un court séjour à Paris avec sa femme. Ils se rendent à l'adresse donnée par Gabrielle 12 ans plus tôt et attendent que le désormais Maitre avocat Paul Lachalme sorte de son cabinet. Il n'en fera rien et André ne le rencontrera pas.

SUR LES TRACES DU PÈRE

En 1974, la mort de Gabrielle impose un nouvel échec à André. Avec elle partie, les informations sur son père et sur cette partie de lui qu'il n'a jamais connue s'envolent également. Il retourne avec sa femme et Hélène à Paris pour débarrasser les affaires de sa mère dans son appartement. André découvre la réalité qu'a été sa vie. Malgré une apparence fastueuse et des récits parisiens remplis de péripéties farfelues, Gabrielle a eu une existence calme et rangée. André comprend que non seulement son père lui est inconnu, mais que sa mère n'était qu'apparences.

Il trouve cependant une enveloppe cachée par Gabrielle qui contient une photo de Paul à 18 ans et une autre d'André au même âge. Pour la première fois, André peut mettre un visage sur cette figure paternelle et ne peut que constater sa ressemblance avec celui qui, pourtant, n'a jamais fait partie de sa vie.

Dix ans plus tard, lorsque Léon, le mari d'Hélène et l'homme qui a élevé André, meurt, c'est encore une fois un coup dur pour André. Malgré ses 60 ans bien atteints en 1984, André ne peut oublier l'absence de son vrai père. Il se rend alors au cimetière de Chanterelle à la découverte du pays qui a porté cette partie de lui. Là, le caveau de la famille Lachalme est bien rempli. Il découvre que son père avait un jumeau, mort à l'âge de cinq ans, et imagine le drame que cela a dû être. Au village, il apprend que Paul continue de passer ses étés dans le Cantal encore et toujours.

Cependant, André n'aura jamais l'occasion de croiser celui à qui il doit la vie. Après sa mort, c'est son petit-fils, Antoine, qui se rend sur la tombe de Paul Lachalme en 2008, 100 ans après le décès du jumeau ébouillanté. Il rencontre le dernier membre de la famille qui s'occupe toujours de l'auberge et de la vie locale à Chanterelle. Armand, fils de Georges Lachalme, raconte tout de son oncle frivole et volage qui ne s'est jamais posé ni n'a eu d'enfants officiels.

Antoine prend des photos du caveau, des noms, des dates et tentera à son retour chez lui de recréer la généalogie croisée de ces deux familles. Avec Armand, qui reconnait le sang qui coule dans les veines d'Antoine, ils pourraient écrire une nouvelle histoire pour eux, plus solidaire et moins secrète. Antoine comprend combien il tient des Lachalme et que, si lui-même a eu récemment des jumeaux, c'est grâce à cette lignée. Le lendemain, il se rend sur la tombe de ses parents pour leur dire que, désormais, à Chanterelle, le nom d'André Léoty est connu et qu'on se souviendra de lui comme du fils de Paul Lachalme.

ÉTUDE DES PERSONNAGES

ANDRÉ LÉOTY

Né en 1924, fils de Gabrielle Léoty et de Paul Lachalme, André a été élevé par sa tante Hélène et son mari avec ses cousines à Figeac. Il a passé toute son enfance dans le Lot entouré de l'amour de sa famille et loin de sa mère qui ne revenait que quatre fois par an à Figeac pour les voir. De son père, il ne connait rien, pas même le nom, ce qui lui pèse beaucoup malgré le bonheur de son quotidien. Dans son malheur d'être né sans figure paternelle, André avait trouvé des parents aimants en Hélène et Léon.

À 16 ans, André s'engage à l'armée et est mobilisé en 1940. Chez les Léoty, même la guerre se passait généralement bien. À son retour, n'ayant pas fait d'études, le jeune homme trouve un boulot dans une usine grâce à Pierre, un de ses compagnons de guerre qu'il considérait presque comme son père. En 1950, André se marie avec Juliette qu'il aime profondément et avec qui il va vivre à Toulouse.

Tout le monde dans la famille Léoty adore André et se réjouit d'avoir eu un garçon dans cette lignée purement féminine jusqu'alors. Pour eux, il constitue un réel miracle qui apporte une immense joie à la maisonnée. Tout tourne bien pour ce petit garçon né sans père et pourtant, cette souffrance le poursuit toute sa vie.

Avec sa mère, André est froid et distant. Il ne la déteste pas ni ne l'apprécie spécialement, il sait simplement qu'elle est la femme qui l'a porté. Il préfère toutefois vivre avec Hélène et les autres et ne comprend pas comment ces derniers peuvent encore être si gentils et attentionnés envers Gabrielle quand elle vient à Figeac alors qu'elle est toujours absente et qu'elle leur a fait un enfant en cachette.

Petit, André se demandait s'il était aussi un enfant inconnu pour son père inconnu. Il semble réellement savoir la chance d'avoir été élevé par des gens si aimants et il reconnait en Léon une certaine figure paternelle, mais la place du père reste vide toute sa vie. À la naissance de son fils Antoine, cette plaie se réouvre et son besoin de connaitre ses origines aussi. Malgré tous ses efforts, André ne rencontrera jamais son père et pourtant il en avait vraiment envie.

Lorsqu'il découvre une photo de lui pour la première fois, il se rend compte combien il ressemble à cet homme qu'il n'a jamais connu. Il avait beau se trouver des points communs avec Léon ou Hélène, c'est bien de son père qu'il tient le plus. Au fur et à mesure qu'il grandit et que les gens autour de lui décèdent, André ressent de plus en plus le besoin de connaitre ce père absent. Il doit toutefois se confronter indéfiniment à quelqu'un qui lui glisse entre les doigts et qui lui manque encore et toujours.

GABRIELLE LÉOTY

Née et élevée à Figeac, Gabrielle, contrairement à sa sœur Hélène, n'apprécie pas la campagne et rêve de la fuir un jour. Elle aime sa famille, mais trouve Hélène trop parfaite au point d'en être jalouse, et sa mère trop sévère et castratrice. En 1919, elle est infirmière dans un pensionnat pour garçons à Aurillac où elle rencontre Paul Lachalme. De là s'ensuit une histoire de quelques années principalement basée sur la passion et les relations sexuelles qu'ils partagent.

Elle le suit alors à Paris dès qu'il a terminé le lycée, non pas pour être proche de lui, mais parce qu'il a été le déclencheur de son besoin de liberté. À la capitale, Gabrielle est pleinement heureuse de son indépendance. Elle sait garder ses distances avec cet homme dont elle connait les ambitions et le besoin d'espace. Elle n'est pas aveugle et comprend très vite que Paul voit d'autres femmes très souvent.

Lorsqu'elle comprend qu'elle est enceinte, elle n'hésite pas une seconde à garder l'enfant et à cacher son existence de son père. Elle considère en effet Paul comme un très bon amant, mais ne l'imagine pas comme mari et encore moins comme parent. À l'âge de 37 ans, elle donne donc naissance à André seule et le donne à sa sœur et son mari pour qu'ils l'élèvent.

Gabrielle n'éprouve pas réellement de l'amour pour son fils, mais une certaine fierté d'avoir donné vie à un être si beau et élégant. Toutes les grandes qualités que lui ont inculquées Hélène et Léon lui importent peu, car, en tant que mère, elle ne lui a donné que la beauté et l'allure d'un homme important. Lorsqu'elle le voit, elle le couvre d'éloges et remercie sa famille de l'avoir élevé si bien.

À Paris, elle continue de suivre les faits et gestes de Paul de loin avant de s'en désintéresser petit à petit. Elle travaille pour un patron d'une épicerie fine et aime sa vie bien rangée malgré le faste et les aventures qu'elle semble raconter à sa sœur et ses proches lorsqu'elle revient à Figeac. En réalité, Gabrielle a tout de l'apparence d'une Parisienne imbue d'elle-même, mais vit dans un tout petit appartement d'une rue modeste. La seule chose qu'elle regrette, c'est d'avoir dû attendre un homme pour oser quitter sa campagne. Elle s'éteint en 1974, à l'âge de 87 ans, à Figeac.

PAUL LACHALME

Né en 1903, quelques minutes avant son jumeau Armand, Paul provient d'une famille de paysans relativement aisée. Ses parents tiennent une auberge prospère qui fait également café-restaurant et son père est aussi un politicien local. À l'âge de cinq ans, Armand meurt ébouillanté. Après ce drame, sa mère et sa tante s'acculent à la religion, son père à l'ambition, et son petit frère Georges à la perfection. Quant à lui, il s'enferme dans la sauvagerie.

Paul aime en effet les femmes et la chasse comme de véritables jeux enivrants. Donner une descendance à sa famille ne l'intéresse pas – il laisse ça à son frère Georges –, mais il a un profond désir de briller et de faire honneur à sa lignée. Depuis tout petit, il se considère comme supérieur aux autres. Au lycée catholique d'Aurillac, ses origines paysannes sont pour lui des racines qui l'élèvent à un rang plus élevé que celui de ses camarades.

Doté d'une prestance imposante et de capacités oratoires exceptionnelles, Paul n'hésite pas à user de ses mots et de son charme pour impressionner. Il considère Chanterelle comme son royaume familial qui lui appartient complètement et qu'il ne faut pas partager avec les étrangers. Prétentieux, son côté paysan est une véritable noblesse selon lui qui a toutefois une allure élancée et un corps puissant et gracieux.

Les femmes de sa famille l'adorent et il se sent comme un petit prince avec elles. Il aime se faire chouchouter et avoir le luxe d'un bain chaud préparé rien que pour lui, et continue les caprices de son enfance jusqu'à sa mort. Toute sa vie, Paul reste en réalité une sorte d'enfant gâté qui continue de profiter de ce qu'il pense absolument mériter. Vrai donjuan, il enchaine les conquêtes et ne construit jamais une famille ni même ne tombe amoureux, car trop imbu de lui-même.

À Paris, il devient avocat du Barreau et jouit d'une notoriété importante. Cependant, pendant la Seconde Guerre mondiale, il fait de mauvais choix et se retrouve à devoir se faire oublier. Il se cache un temps en Sologne, mais continue de se rendre régulièrement à Chanterelle qu'il considère toujours comme chez lui. Il meurt en 1998 à l'âge avancé de 95 ans. Malgré sa longévité, il ne rencontrera jamais son fils et ne saura même pas qu'il a eu un enfant avec Gabrielle Léoty.

qu'il considère toujours comme chez lui. Il meurt en 1998 à l'âge avancé de 95 ans. Malgré sa longévité, il ne rencontrera jamais son fils et ne saura même pas qu'il a eu un enfant avec Gabrielle Léoty.

CLÉS DE LECTURE

L'ABSENCE D'UN PÈRE

La thématique principale de *Histoire du fils* tient à l'absence pesante du père biologique dans la vie d'André et, plus tard, dans celle de son fils Antoine. Pourtant, André a vécu entouré d'amour et de joie chez les Léoty. Il reconnait en Léon une certaine figure paternelle et a su trouver en Pierre, son compagnon de guerre plus âgé – devenu plus tard son patron d'usine –, un ami et un confident proche d'un père.

Le bonheur de son quotidien ne parvient toutefois pas à couvrir la place de son vrai père. Au fond, André sait qu'il lui manque une partie de lui. Jusqu'à son mariage avec Juliette, il ne connait même pas son nom ni quoi que ce soit à son sujet. Il est également rongé par le fait d'être autant un inconnu dans la vie de Paul Lachalme que ce dernier est absent dans sa propre existence. Il aimerait au moins que son père soit au courant qu'il a un fils.

Le « trou du père », comme André et Juliette appellent ça, s'agrandit au fur et à mesure des évènements marquants et des tournants dans la vie d'André. Lorsqu'il perd Pierre, puis Léon et enfin sa mère, André ressent de plus en plus le besoin de connaitre celui qui était son vrai père. En effet, il a beau poursuivre son chemin, se marier, avoir un enfant, etc., la plaie de l'abandon reste béante et s'ouvre à chaque fois qu'une figure paternelle au sein de ses proches décède. Avec la mort de sa mère, ce sont réellement les informations qu'il n'a jamais osé demander à propos de Paul Lachalme qui s'évanouissent avec elle.

Bien qu'André souhaite réellement en savoir davantage à propos de Paul, il est freiné dans ses recherches également par le manque de communication avec sa mère. Gabrielle possède en effet l'art de changer de sujet et de ne parler que de ce qui l'enchante. Si elle continue longtemps à suivre les faits et gestes de Paul de loin à Paris, elle ne s'immisce toutefois pas dans sa vie et ne le considère pas comme faisant partie de sa famille. Elle sait combien il ferait un mauvais père et pense probablement protéger son fils en ne lui disant rien à son propos.

Pourtant, le soir du mariage d'André, Gabrielle révèle à la jeune mariée l'identité de Paul. Pourquoi ressent-elle soudain l'envie d'informer son fils de l'existence de ce père ? Il est possible que Gabrielle ait pensé que cet évènement important pour André aurait dû être partagé avec ses deux parents. Pour lui, toutefois, c'est la naissance de son propre fils Antoine qui va raviver le besoin de connaitre son père biologique.

En devenant lui-même papa, André ne peut que souhaiter comprendre ce que c'est d'être parent et savoir pourquoi Paul n'a jamais su le devenir. Cette réaction est au fond très mature de la part d'André qui cherche ainsi à panser ses blessures d'enfance et guérir ses traumatismes afin d'être le meilleur père pour son enfant. Cependant, jamais Paul ne se laissera attraper ni même apercevoir.

André restera dans ses questions et le brouillard d'une absence toute sa vie.

Ce « trou du père » non résolu se transmet alors à Antoine. Celui-ci démarre toutefois ses recherches avec plus d'informations qu'André au début. Le manque d'un grand-père ne se fait pas autant sentir que celui d'une figure paternelle dans la vie d'Antoine. Il ne partira en quête de ses origines qu'en 2008, à presque 50 ans. Au cimetière de Chanterelle et avec l'aide d'Armand, le dernier membre de la famille Lachalme, Antoine découvre tout ce qu'il a en commun avec cette partie de lui qu'il ne connaissait pas.

Malgré l'absence éternelle de Paul dans la vie des Léoty, André et ses descendants ont bien des traits en commun avec les Lachalme. Antoine découvre ainsi que son prénom est le dérivé masculin de celui de la servante qui a ébouillanté le jumeau de Paul 100 ans auparavant. Il se rend également compte que s'il a eu des jumeaux avec sa femme, c'est parce qu'il partage les gènes des Lachalme. Comme André lorsqu'il a pu comparer une photo de lui et de son père biologique, Antoine est choqué des ressemblances qu'il peut avoir avec un inconnu et de l'impossibilité à nier le sang qui coule dans ses veines.

LE TRAVAIL DE MÉMOIRE

La thématique du père inconnu engendre dans *Histoire du fils* une véritable enquête pour remonter la trace de cet homme absent. Le roman ne peut toutefois pas être assimilé au genre policier étant donné qu'il n'y a pas de figure policière ni de crime à proprement parler. Moins comme un détective que comme un personnage perdu en quête d'identité, André se met à la recherche de son géniteur.

L'obstacle principal dans cette enquête est que Gabrielle n'est pas un témoin sur lequel on peut compter. En effet, la mère d'André cache énormément de choses et parvient toujours à éviter le sujet de la naissance de son fils. Elle est également très absente de la vie d'André et, par cette distance, réussit à échapper aux nombreuses questions qui se bousculent dans la tête de son enfant. Alors qu'il suffirait qu'elle lui explique tout, Gabrielle meurt avec ses secrets après avoir toutefois donné l'identité du père après des années.

À sa mort, Gabrielle laisse également plusieurs photos importantes pour l'enquête, dont une de Paul Lachalme. Les photographies comportent une grande importance dans le roman. Elles sont toujours datées et permettent de fixer des évènements essentiels dans le destin croisé des deux familles. Ainsi, plus l'histoire avance, plus les Léoty assemblent des pièces du puzzle et accumulent les clichés : une photo de Paul, jeune lycéen de 17 ans en 1920, une d'André en 1941 au même âge, puis une autre du fils en 1962 devant l'immeuble de l'avocat à Paris, enfin une fiche cartonnée de 1984 avec les inscriptions des dates trouvées au cimetière de Chanterelle par André et sa femme.

À chaque nouvel indice, André prend soin de noter ce qu'il a découvert pour recouper les dates et retracer la généalogie de la famille du côté de son père. Après lui, c'est Antoine qui continue ce travail de mémoire et, en 2008, prend des photos des sépultures des Lachalme à Chanterelle. Il pense pouvoir établir l'arbre généalogique des deux lignées croisées et comprendre mieux ses ancêtres.

La construction des chapitres de *Histoire du fils* présente aussi la particularité d'une temporalité primordiale dans le récit. Chaque section porte ainsi une date très précise (jour de la semaine, date, mois et année) qui plonge le lecteur tantôt dans un épisode de la vie de Paul, tantôt de Gabrielle, tantôt d'André, d'Hélène ou d'Antoine. En effet, les chapitres se succèdent dans un ordre qui ne suit absolument pas la chronologie des évènements. Les personnages et les situations se présentent ainsi par fragments et forcent le lecteur à retracer lui-même la ligne du temps de l'histoire.

Alors que Marie-Hélène Lafon raconte le besoin de connaitre son passé et ses origines, l'auteure brouille dans le même temps les pistes qui mènent à ce passé. Les dates sont précises, mais de nombreux épisodes sont élidés, oubliés, masqués, tandis que ceux présentés sont seulement partiels et dispersés dans le temps.

Dans ce contexte, il est difficile d'appréhender le passé et de retracer une mémoire claire et linéaire. Cette construction du récit peut s'apparenter au brouillard qui subsiste dans la tête d'André autour de la figure de son père. Il n'a que peu d'informations, il connait certaines dates, un nom, une adresse, mais de nombreuses interrogations subsistent. Comme le personnage principal, le lecteur est balloté d'une scène à l'autre, d'une époque à l'autre, et tente de retracer les évènements et les individus entre eux.

La narration est également simultanée, ce qui signifie que l'histoire se déroule au même moment où les personnages vivent les évènements. De cette façon, André ne peut pas connaitre davantage d'informations sur son père que ce que sa mère lui laisse entendre. Le lecteur, lui, en sait plus que les personnages justement grâce à la manière dont se succèdent les chapitres. Alors qu'André ne rencontrera jamais son père, le lecteur de *Histoire du fils*, au contraire, connait et a suivi certains épisodes de la vie de Paul.

Le roman fonctionne comme la mémoire des individus : sélective, elle ne retient que les éléments qui l'ont marqué et en oublie d'autres. En effet, les ellipses sont nombreuses dans le récit, on ignore de nombreuses choses sur Paul, que ce soit la façon dont se sont déroulées ses études, les autres femmes qu'il a côtoyées ou les mauvaises décisions durant la guerre qui l'ont obligé à se cacher. Le dernier chapitre se construit aussi comme un épilogue qui prend place des années après la mort d'André.

La fin du récit permet de clore l'enquête sur l'identité du père absent et pourtant ne satisfait pas complètement le lecteur. Le fils né sans père n'aura en effet jamais rencontré celui dont le sang coule dans ses veines. André n'aura jamais fait face à son passé et assimilé pleinement d'où il vient. L'histoire se termine par la nécessité de concilier avec l'absence et de vivre avec. Antoine, le petit-fils, continue alors le travail de mémoire et trouve le dernier des Lachalme pour lui raconter ses origines et cette famille qu'il ne connait pas, mais dont il provient.

LE PAYS CANTALIEN

Dans les œuvres de Marie-Hélène Lafon, les récits prennent bien souvent place dans le décor qu'elle a connu enfant : le Cantal et sa rivière, la Santoire. *Histoire du fils* n'échappe pas à la règle. Au cœur de Chanterelle, commune du Cantal, la famille Lachalme s'épanouit grâce aux champs, à la chasse et à la pêche dans la Santoire.

Paul et sa famille ne sont toutefois pas des paysans bourrus et rustres. Au contraire, le père est poussé par de grandes ambitions, dont la politique, ils possèdent de nombreuses terres et un hôtel-restaurant qui marche bien et sont aisés financièrement. Les enfants comme les parents sont élégants et ont fière allure. Paul est sans doute le plus prétentieux qui, imbu de lui-même, n'hésite pas une seconde à faire valoir ses origines paysannes comme une véritable supériorité de rang.

En effet, Chanterelle, bien qu'il s'agisse d'une campagne éloignée de toute grande ville, possède une certaine aura qui la rend irrésistible pour ceux qui y vivent. Elle est souvent comparée à un royaume qu'il faudrait protéger des citadins, d'après Paul. Même pour André et son fils, Chanterelle a un nom qui sonne comme un endroit magique, voire miraculeux. La prospérité des Lachalme en découlerait sans doute.

Ce petit coin de paradis rural est comparé à plusieurs reprises à des villes plus importantes. D'abord avec Aurillac, il semble que les Aurillacois se moquent des paysans de pays lointains alors que, pour Paul, ils n'ont rien à envier à son village cantalien. Ensuite, Chanterelle est confrontée à Paris et gagne largement le cœur d'André et sa famille. Seule Gabrielle préfère la capitale à sa campagne natale. Paris rebute réellement André qui ne peut s'imaginer une seconde vivre ailleurs qu'en milieu rural, surtout depuis que la Ville Lumière est associée à un père et une mère sans cesse absents de sa vie.

Si les Léoty n'habitent pas Chanterelle, ils vivent à Figeac, une petite localité du Lot, à moins de trois heures de chez les Lachalme. Les deux communes partagent le gout pour le travail de la terre et l'agriculture. La vie paysanne, souvent présentée dans l'imaginaire collectif comme un univers rude, est décrite par Marie-Hélène Lafon dans tous ses aspects les plus positifs. Les habitants locaux sont épanouis et jouissent de ce qu'ils produisent en communion avec la nature. Même les évènements dramatiques comme la guerre ou la mort passent relativement facilement pour eux.

L'auteure de *Histoire du fils* parvient à donner une aura mythologique au paysage rural et à ses paysans. Les membres de la famille Lachalme se revendiquent fièrement de ce pays qui semble les rendre supérieurs aux citadins. Grandir et vivre à la campagne constitue une chance qui poursuit les personnages de ces lieux. Ainsi, André, dans son malheur d'être né sans père, parvient à trouver tout l'amour dont il a besoin et à être pleinement heureux au milieu de ses proches et de sa région paysanne.

PISTES DE RÉFLEXION

QUELQUES QUESTIONS
POUR APPROFONDIR SA RÉFLEXION...

- Construit comme une enquête sur les traces du père inconnu, *Histoire du fils* donne également au lecteur au début du récit une autre investigation à mener. Lors de la rencontre de Paul et Gabrielle au pensionnat d'Aurillac, cette dernière est présentée comme « G. Léoty ». Au chapitre suivant, débute l'histoire d'Antoine né sans père. Quels sont les indices du récit qui vous ont permis de comprendre qu'il est le fils de Paul ?

- Le nom de Gabrielle étant masqué par des initiales dans un premier temps, on peut dire que le récit débute avec une première enquête sur l'identité de cette infirmière qui donnera naissance plus tard à André. Quel lien pouvez-vous faire entre cette double enquête et la relation qui unit André à sa mère et à son père ?

- Tentez de reconstruire la chronologie des évènements de l'histoire et la généalogie des deux familles. Quels sont les éléments qui reviennent et qui marquent réellement la transmission du sang et des gènes malgré l'absence de Paul dans la vie d'André et de sa descendance ?

- Tout au long du récit, Paul Lachalme est présenté d'une manière relativement négative. Immature, volage, prétentieux, il ne possède comme qualité que la beauté et les talents oratoires. Pourtant, le lecteur parvient difficilement à le détester. Expliquez pourquoi, en lien avec le besoin incessant d'André de découvrir son père.

- Marie-Hélène Lafon a une écriture singulière qui joue beaucoup avec les cinq sens. Le premier chapitre est particulièrement poétique en focalisation interne sur Armand. Par quel sens décrit-il les différents habitants de la maison des Lachalme ? En quoi ces descriptions dénotent-elles avec la mort d'Armand à la fin du chapitre ?

- L'auteure, professeur de français et de latin et grec, explique à plusieurs reprises l'étymologie de noms propres comme Paul, Georges ou André. En quoi cet attachement aux noms ajoute-t-il à l'aura mythologique créée autour de Chanterelle ?

- Marie-Hélène Lafon tente de créer une mythologie de la campagne à Chanterelle et chez les Lachalme. Considérez-vous les membres de cette famille comme des figures légendaires, héroïques ou divines ? Justifiez par des traits physiques ou psychologiques de ces personnages. Sur base de quels éléments pouvez-vous dire que c'est le lieu qui établit le mythe plutôt que les individus humains ?

- *Histoire du fils* s'établit comme une construction mémorielle, sélective et oublieuse. Alors que le récit parcourt les années 1903 à 2008, il n'est fait mention que très rarement et de façon expéditive de la guerre (tant la Première que la Seconde). À votre avis, pourquoi cet « oubli » ? Est-il délibéré ou pourrait-il cacher un traumatisme plus profond chez André revenu du champ de bataille ?

POUR ALLER PLUS LOIN

ÉDITION DE RÉFÉRENCE

- LAFON M.-H., *Histoire du fils*, Paris, Éditions Buchet/Chastel, 2020.

Votre avis nous intéresse !
Laissez un commentaire sur le site de votre librairie en ligne
et partagez vos coups de cœur sur les réseaux sociaux !

lePetitLittéraire.fr

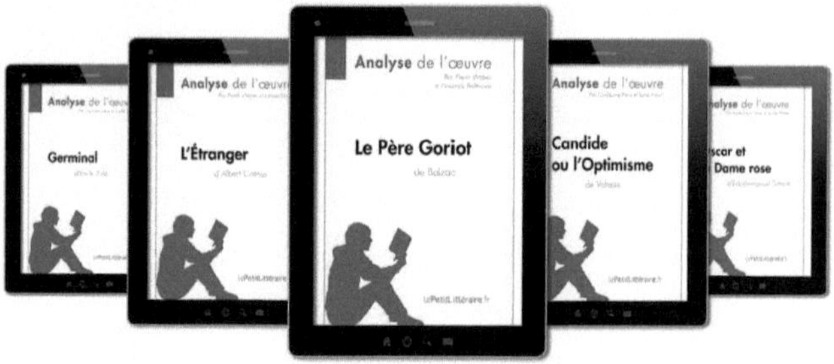

- un résumé complet de l'intrigue ;
- une étude des personnages principaux ;
- une analyse des thématiques principales ;
- une dizaine de pistes de réflexion.

**Retrouvez
notre offre complète sur
lePetitLittéraire.fr**

ISBN version numérique : 9782808026932
ISBN version papier : 9782808026949
Dépôt légal : D/2021/12603/187

Conception numérique : Primento,
le partenaire numérique des éditeurs.